비를 안아주었다

열/린/시/학/정/형/시/집 195

비를 안아주었다

곽호연 시집

고요아침

좋은 시 한 편 마주하는 날

온종일 잔잔한 물결이다

나를 안아주는 그대라서

내 안은

자연과 그대가 기대

여전히 조율 중이다

2024년 가을, 두루뜰에서

곽호연

차례

/

제2부 흩어진 날 혹은 꽃

제3부 불편한 구경

제4부 구름은 프리랜서

제5부 남포동 먹자골목

제1부

—

비를 안아주었다

별 하늘

별이
아슬하게
슬프게
내려본다

그렁그렁
눈물샘
쏟아질 듯
불안하다

밤새워
지켜보는 일
몇 날이고
다짐한다

지독한 사랑

바늘귀
한번 물면
놓을 줄을
모르고

바늘이
가는 길을
졸졸졸
따라가는

지독한
실오라기 같은
그런 사랑
없나요

비를 안아주었다

적막한 빈집에는 빗소리도 쓸쓸하다
터벅터벅 갈증 난 단발머리 여학생
빗줄기 매달러 온다
잠 못 드는 밤이다

꼬깃한 재생 테잎 중얼중얼 돌리며
기뻐하는 순간을 화폭처럼 그려본다
상장을 받았나 보다
빗길에도 덩실덩실

흰 띠를 두른 이마와 침묵이 먼저 와
그 공기는 엄마의 미소를 짓밟았다
오늘은 칭찬을 몽땅 꺼내
비를 꼭 안아주었다

푸른 고무줄

학교 옆 지나며 배불리 마신 하늘

소화 덜된 유년은 소처럼 되새김하고

역류한 찌꺼기들은 뱉어내도 그 자리

뒷산이 오므리면 들판은 늘어나고

담벼락은 알아서 키 낮춰 지나가는

가슴속 바람의 길을 봄 햇살이 안내한다

10월 33일 4시

기장향교
돌담에

참 맑은
수채화

가을 햇살
반쯤 접고

소슬바람
감금하고

서녘의
길목을 막아

초조하다
붉은 붓

서운암 풍경諷經

등산객 숨소리를
미리 듣고
따라
라앙

능선 뒤를 따른 구름
보내느라
따라
라앙

몇 년째
내 어깨 앉은 바위
뒷걸음쳐 툭,
구른다

바다 8

아침
송정 바닷가
보드란
베이지빛

데굴데굴 웃다가
금세 시퍼렇다

언젠가
고백 그 찰나에
휙 돌아선
그 모습

겨울비 쏟아지면

그날은 일부러 뭉글뭉글 넘겼던
가시 걸린 목젖은 이런 날 캑캑거립니다
소나기 쏟아질 듯한
그 눈빛 생각나요

그 저녁 입을 떠나 떠돌던 말 모두
추수 끝난 초겨울 살갗마다 긁적입니다
사진 속 꽃잎을 떼어
손에 꼭 쥡니다

자존심 앞줄 가려 알지 못한 답을 써
가장 굵은 빗줄기 기둥마다 날립니다
오래전 박제됐어요
유효기간 없어요

소수의견

가을보다 더 붉은 봄날의 오후 4시

홍가시나무 홍역에 허물을 훌렁 벗어

헐벗은 수로 길목 민원이 폭주한다

한두 삽 차근차근 민원이 해결될 즘

청개구리 지렁이 달팽이 헛발질한다

무심코 치운 낙엽에 여러 마을 사라졌다

맛있는 밥 짓고 싶습니다

나는 주부입니다
당신들 누구십니까

밥솥이 타다 지쳐 모래처럼 구릅니다

봄노래
순위는 밀리고
고슬밥은
멀어지고

국 대신 끓는 세상
새벽 열차 찬 공기는

주먹밥에 생수로 위장을 달랩니다

그대를
사랑했는데
종장만은
잠시만

청록색 남자

어느 봄
앙가슴에
들어 왔던
그 말이

수채화
농담처럼
놓고 간
진분홍빛

무제한
계약을 한 듯
광고처럼
떠다닌다

심알 1

— 사과

홍옥 한 입 베는데
침샘이 미리 터져
흐르다 만 과즙이
이순구에 머무네
은근히
끈적이더니
기어코
혀를 부르네

심알 2

― 하늘

별빛 스륵 내리면 꽃이 된 내 실핏줄
하늘길은 열렸다 접었다를 조율 중이고
달빛이 지표를 잃은 순간 심장은 모데라토

가을, 0초의 바람

순간, 모든 잎들 일제히 분주하다

이 옷 저 옷 고를 뿐 무표정 무음이다

소심해 놓쳐버리고 사느라 내보내고

머리카락 사이로 헐렁한 브라 사이로

미끄럼틀 타듯이 스륵스륵 밀려와

어느새 편지를 쓴다

보고 살면 어떠냐고

사랑의 해법

겨울비 내립니다

그 사람 일곱 글자

가슬가슬 갉다가

출렁출렁 서성입니다

불빛은

노을을 덮고

눈빛은 붉어지고

서리

배고파
살짝 훔친
그냥 살짝
나눠 먹은

풋사과
익기까지
불꽃 같은
푸르름

겨울이
가슴을 서리해
그리운
풋내음

별 바다

별이
쏟아졌다
무수히
반짝반짝

지붕 위를
밝히더니
바다 위에
앉았다

새벽녘
막바지 사랑
자정보다
눈부시다

제2부

—

흩어진 날 혹은 꽃

희망 주식회사

거제도 지도 펴고
붉은 펜의 이랑 사이

배롱나무 채송화
심을 자리 정한다

간절함
바퀴에 끼워
설계하다 지우다

다시 또 짓는 봄엔
웃음만 그려 넣어

찔레꽃이 만발한
하늘 아래 첫 집 같은

후반전
첫사랑 같은
콩 볶는 주식회사

물결은 비밀을 지킨다

비 온 뒤 노란 장화 수로 따라 걷는다
퐁랑퐁랑 물결이 뒷굽 따라 좋알거려

마음속 경계 무너지니
비밀의 봇물 터져

화들짝 청개구리 눈 가리고 도망간다
슬금슬금 지렁이 귀를 막고 따라간다

아무도 못 봤을 거야
들리지 않았을 거야

우리들의 희망가

비 그치자 마실 나온 정겨운 채송화꽃
도로 옆의 경적이 울리든지 말든지
한바탕 자지러진다
피그르르
까르르

향기를 누르고 온 해맑고 깨끗한 빛
진분홍이 노랑이 하양이 작은 축제
일제히 벙긋거린다
피그르르
까르르

그 옛날 금줄을 쳐 탄생을 소문냈던
삶의 무게 짓눌려 소문 없이 소멸됐다
또다시 웃음소리 번진다
피그르르
까르르

체감

사랑이라는 단어는
그저, 떠돌 뿐

도대체 모르겠다
헛헛하고
쓸쓸하고

온종일
구름 위를 거닌다
당신
오신다는 말

오월주*

장미와 책을 들고
그 집 앞 도착했지요

한순간에 심장은
제어 장치 고삐 풀려

분주히 수습하느라
손금은 물길 됐지요

다리가 반항하고
책의 눈은 뿌예지고

생기 잃은 붉은 꽃잎
줄기 두고 흩어졌지요

낼 모래 칠순입니다
그 집 앞 가볼까요

* 프랑스의 5.1 의식과 같이 마음을 전하는 행사.

네게 또, 다른 너는

유난히 파란 하늘 수북이 눌러 담아

셀카 한 장 덤으로 우체국에 맡길까

더위가 상극이라는 찌푸린 미간 위해

살구꽃은 저 혼자 휘날려다 배회하고

곧 부서질 허리춤 그쯤이 시린 지금

더 이상 잡히지 않은 그 봄날 환영들은

차라리 경계 없이 핀 꽃이 위안되는

하루 한낮 환장한 바람결이 보채는데

칩 없이 바코드 없이 참선의 길 걸어간다

흩어진 날 혹은 꽃

마음이 천 근이고 가슴이 만 근이면
아로니아 풍성한 잔디 뜰에 달려간다
무조건 간질거리고 천만 근 녹을 준비

참새가 찾아오고 바람이 다시 쫓고
할배네 농기구는 뮤지컬 공연 같다
조율할 겨를도 없는 사철이 봄날이고

입안을 가로지른 붉은빛의 물결은
빗금처럼 향료처럼 폭죽으로 터진다
홀로된 흩어진 날이 꽃이고 초록이고

MH

헌 옷을 버리려다 아픔이 쏟아졌다
계신 곳 알지만 몰라야 흘렀던 시간
순수한 이슬에 베인 손
긴 장마의 습기 같은

고가의 옷장 속에 유일하게 생존했다
자존심이 감정을 지배해야 법 같았던
굳건히 지켜진 대가는
굳어진 눈물방울

만 원짜리 천 하나 여전히 동안이고
봄날 같고 잉크 묻은 펜촉처럼 해맑아
마당에 펼쳐둘게요
바람인 듯 들려가요

참새와 살구

스물다섯 사랑이 만개한 그녀처럼
반으로 쪼개면
봇물 터지며 향이 툭,
잔디 뜰
사랑의 터에
다홍빛이
출렁인다

가지 위 주렁주렁 위태로운 불장난
햇살 받은 그 사랑
입술마다 짓물러
짹짹짹
찬란한 이 사랑
봄은 또
지나간다

카페에서 엿듣다

사는 게 투병 같다고
그래도 버틴다고

자유롭게 뱉는 건
그나마 한숨이라고

곧 봄꽃
활짝 핍니다
힘내세요
혼잣말

도요새로 날다

산책길에서 만난
부리 붉은 도요새

길을 잃고 헤매는가
둥지 찾아 나서는가

종종종 걸음걸이가
내 모습 빼 닮았다

시간은 쏜살같아
잡을 수 없다지만

마음이 느긋하면
하루해 길어질까

도요새 뒤쫓아 가다
그냥 날려 보낸 날

인사동

빛바랜 시간들이
옹기종기 모인 골목

조부님 곰방대가
어험 하고 바라보네

할머니 손때가 묻은
재봉틀이 돌아가네

가게 안의 옛것들은
나이 먹어 갈수록

찾는 이 많아지고
부르는 게 값이라 해

내 문득 지천명 초입에서
나를 다시 돌아보네

나비의 꿈*

언제 걸어서 올까 핏줄 엉켜 하늘 찢겨

바람으로 전해진 당신을 오해한 시간

책으로 울었습니다

긴 세월 애탔습니다

보드란 가시 한 줌 성글게 마주해서

그나마 다행입니다 목에 걸린 숨결까지

기념관 계단에 앉아

당신 마음 듣습니다

* 현대 음악 작곡가 윤이상의 일대기 소설.

제3부

—

불편한 구경

불편한 구경

아파트 쓰레기통
뒤지는 비둘기들
윤기 나는 옷 입고
하는 짓은 들쥐 닮아
훨훨훨
나는 척하다
촐촐촐 걸어간다

엊그제 임 시인은
코스모스 피었다며
어처구니 없는 봄
구경이나 하잔다
계절이
손을 땐 소나무
고삐 풀려 걸어간다

ing

출근길 폐지 할배 리어카 밀어주고

건널목 불편한 몸 손잡느라 또 늦겠지

그래도 매일 아침은 힘차게 걸었겠지

신기해 한결같이 네 안은 선배 같고

당당하면 겸손하고 싸늘하면 따뜻했다는

십 년을 미리 본 빛이 되려 십 년 선물했다

비 오면 더 설레서 함께 걷던 테마임도

계절 없이 반겼으니 지금도 반겨주겠지

보리수 열매 익으면 다시 웃는 너 보겠지

계절 앞에서

어쩌다 단체로 쏟아진 가을 말고
가만가만 서너 잎 떠나가는 낙엽은
왜 이리
울림이 클까
기별한 적 없는데

내 결백 밝히자고 쏟아낸 말을 모아
공책으로 옮기면 한 권도 넘겠지
자다가
가지치기 당한
원뿌리에 미안하다

상황 따라 바뀌는 출처 없는 정답에
띠 두르고 목청 팔아 잘려 나간 시간들
숨 쉬는
모든 것들이
피해자고 가해자다

냥이의 하루

아파트 철쭉 숲
음습한 귀퉁이

눈에 띌까 둘러쓴
감잎 훌훌 털어내고

한 끼의 양식을 찾아
어둠을 더듬는다

이름이 같아도
일생은 서로 달라

등걸잠에 설치는 밤
함께 자며 꿈을 꾼다

날마다 곡예를 하듯
담장을 넘고 있다

지폐

학교 다녀왔다는 다급한 보석 손에
퇴계 이황 선생 신발보다 먼저 왔다
발표를 잘해서 받은
세상 귀한 그 선물

가끔은 구령 맞춘 연병장 자국처럼
인천지점 콕 찍혔다 군기 바짝 들었다
눈물이 서둘러 읽고,
읽고 또 읽던 숫자

오늘은 새소리의 또렷한 음성 편지
봄날 같은 내일이 공개로 예약되었다
당신은 들러리였다
내 보석 빛나는 길

카프카의 편지 1

살 · 뚱 · 돼 세 단어는 우리 집 금기어였다
괜찮아 예쁘다 넌, 똑똑해 괜찮아 한들
부모님 자랑거리는 열 천 마디 대꾸한다

열여섯 살 언니는 세상을 좀 알았을까
건강해서 좋다는 아버지의 말씀도
장문의 편지를 써서 우체통에 붙였다

우체부 다녀간 저녁상은 고요한 암자
아버지와 언니는 스님과 동자승일까
여전히 구순을 향해 편지를 쓴다 입으로

카프카의 편지 2

하숙집 아줌마의 편지를 건네받고
겉봉을 응시하면 장마 같은 눈물 바람
야무진 셋째 딸에게 아버지가 모월 모일

우표 위 찍힌 직인은 눈물 버튼이다
바른 인성 됨됨이 신용 있는 뻔한 말에
수천 번 되읽고 또 읽다 외워버린 열세 자

그런 날 어깻죽지 용솟음쳐 날았다
쉰 중반에 구순의 아버지는 쉼터처럼
지금도 가슴 저리며 서로가 애달프다

택배박스

그 어떤 편견 없이
하루 향해 걷는다

노심초사 제 몸보다
남을 위한 별친구

우지직
찢어진 날개
다시 붙여 나는 삶

덜 익은 가을 1

1.
연화리 가는 길
홍갓은 허리 펴고
미사보 쓴 은목서
노을 길을 축복한다
전어는
전설이 되고
대하가
폴짝폴짝

2.
표절시가 넘어져
상을 물어 토해내고
발로 그린 도장이
수상 경력 부풀리면
가을은
교란종에 몸살
앓거나
더 여물거나

덜 익은 가을 2

키위를 시켰더니 땡땡한 생맛이라

방치 후 무심코 한입 무니 후숙이는

살살살 온 맘을 다해 되려 나를 위로했다

벌거벗긴 그 펜 끝 속사정 봐주려니

정필을 기대한 어리석은 아량이었다

걸물 옷 대여해 입은 안개 낀 시월 한낮

조합장 공 씨네

남자는 평생을 고기 밥상 양복 차림
큰 키 위로 오르는 중절모가 산이었다
그 옆에 바다를 품은
여자랑 열 보물들

들판에 황금물결 휩쓸려 먼 길 간 날
장대가 된 열 개의 보물들 무쇠가 됐다
누구도 제어할 수 없는
붉은 눈의 고철처럼

구름의 수 세는지 바람 세기 세는지
육십억은 불꽃보다 열꽃이 더 강했다만
남자는 가볍게 여행갔다
유서에는 사회 환원

승진

비좁은 사무실을

꽉 메운 고급 난분

오래된 필름을

한꺼번에 밀어낸다

촐촐촐 따라온 글귀

꿈에서 듣던 그 말

제4부

—

구름은 프리랜서

구름은 프리랜서

무채색 이른 새벽 하나씩 꿈틀꿈틀

제각각의 색깔로 개성을 그리다가

서녘의 붉은 신호에 물감 뚜껑 닫는다

꽃들의 수다

1.
자두꽃 피고 있다 배꽃도 실실 웃고
복숭화꽃 살구꽃 연이어 터트린다
게으른 대봉감 나무 얼결에 입 터진다

2.
앵두가 익고 있다 결혼사진 입술처럼
작년까지 맹하던 살구 몇 개 촐랑인다
사 년째 할 일을 못 해 먼 산 보는 자두나무

부추꽃이 피었습니다

해남군 황산면 옥매광산 창고 터
바닷길로 가기 전 명반석이 쌓이면
광부는 가래 컥컥 쌓였다
실핏줄은 엉켰다

지금은 뼈대만이 가쁜 숨 몰아쉬면
부추꽃이 대신한 모던 왈츠 물 결 물 결
함께 춘 백열여덟 얼굴
슬픈 미소 환하다

파도는 까치발로 오던 길 돌아가고
읽지 못해 모은 손 바람이 핥고 가는
내년도 예약합니다
백열여덟 환한 미소

텃밭

1.
참외꽃 피었다
호박꽃도 마구 핀다
엉금엉금 수박꽃
때도 없이 피고 있다
햇살의 싸인에 따라
채송화꽃 몰아 핀다

2.
국화꽃 살짝 핀다
당당히 자리 넓히며
돼지감자 꽃대는
하늘 따라 오른다
호박이 굴러간 자리
둥근 노을 앉았다

하늘과 대국하다

거꾸리에 누워서
쳐다본 가을 하늘

추수 끝난 벌판을
판화로 찍어내

농지를 정리했는지
바둑판이 지천이다

농사를 짓는 일은
바둑 한 수 두는 일

하늘이 내린 비와
바람 햇살 앉혀놓고

막판의 끝내기 단계까지
수싸움 하는 일

매취순 구름

마시는 건 못 해도
취하는 건 잘한다

렌즈보다 얇은 가슴
보드란 매취순처럼
하얗게
둥실거리면
마음은 이미 만취

볼륨을 높이고
바람과 경쟁한다

몇 계절의 비밀을
하늘하늘 날리면

햇살이
근육을 풀어
주섬주섬 담는 4시

은행나무 방자전

산사 뒤란 터 잡은 넉살 좋은 은행나무

황금 옷을 훌훌 벗어 나그네 빙빙 돌며

절㵛 보다 제가 더 먼저 살았다 말한다

옹골찬 뚝심으로 천수경 줄줄 외워

주지 스님 염불에 토닥토닥 토 달다

보살들 웃음소리에 주둥이만 숨긴다

솔바람 귀에 대고 대흥사 뿌리를 묻자

서산대사 승군의 총본영 세계문화유산

술술술 실타래 풀듯 토도독 귀염 턴다

도화원 일기

올여름에 햇복숭아 맛 한번 보겠다고
막걸리를 퍼붓고 맹물 갖다 쏟아붓고
어머니
치성드리듯
공들여 피운
도화

어느새 봄은 가고 여름이 코앞인데
꽃 다 져 사라진 도원桃園은 꿈만 같아
한 자도
적을 수 없는
송충이 죄목
찾기

봄날의 우화

자줏빛 코트 걸친 여자의 꿈 부풀었지
구름 등에 오르며 산새들의 노래들
고귀한 학처럼 같이 할
한 사람 기다렸지

바람의 말을 듣고 날개를 활짝 편 날
해적이 난입한 듯 얼굴을 싹 바꾸고
그녀의 날개에 앉아
늪으로 데려갔지

보름 전 분꽃 같던 자목련 다시 보니
갈변 튀긴 얼굴은 서녘 하늘 닮았지
아직도 포기 못했나
아이라인 진하다

길에 누운 수다를 보다

대흥사 왼쪽 길 동백 숲이 소란하다
이맘때면 지천에 단아하고 붉은 여자들
단추는 잠그다 풀려
상큼상큼 솔깃하다

툭 뱉고 앉았다가 금세 누워 발언하는
누년 삭혀 뒤섞인 동자승과 보살들 미담
바람은 귀를 내리고
새들은 악보 덮는다

지렁이님

네가 마당을 누비면 큰 비가 올 거라고
초안 마을 사람들 비설거지 분주할 때
꼬마는 일기예보관
사라지길 기도했다

웃으며 밟고 출세한 세상의 역설 앞에
분변토를 위해서 한결같은 꼬물꼬물
오늘은 땅속의 농부
네가 너무 간절하다

천혜향

손으로 간질간질
네 몸을 더듬더듬
겉옷 하나 벗겼는데
내 입 네 입 침 흘리네
마지막
하얀 망사 벗기니
탄성의 즙
흘러 흘러

제5부

—

남포동 먹자골목

가장 지루한 공연을 보는 중

정박치다
다 날린
K는 이제
어디 설까

엇박자에
대박 나
날개 달린
P의 나팔소리

관중들
눈 희멀게지고
점점 귀는
곪아간다

집시의 바이올린

가슴속 잔잔하게 흐르는 파도 소리
겨울비는 커피잔 언저리를 휘감고
창문의 수증기마저
두 별을 점령한다

바이올린 연주 소리 절정에 오를수록
십육 년의 겨울은 안단테로 흐르고
소금꽃 금수강산에
급물살 일어난다

가만히 볼륨을 줄이려다 마주한
수년 전 뤼순 감옥 독립투사 퀭한 눈빛
뼈 시린 허깨비처럼
건반 위에 앉아 있다

동이연

오늘
힘찬 바람아
멀리가라
가

거기가
날아가라 날아가
태평양을
아야
어여

가갸날
이력을 보낸다
발신 한글
수신은 가온

수로왕릉

가락국 수로왕이
누천년 잠이 든 곳

오늘도 바람개비
문양으로 핑핑 돌고

신어상神漁像 흰색 물고기
비늘이 비릿하다

소문만 무성하던
왕릉의 저물 무렵

십이신 교대 근무
발소리에 흠칫 놀라

구지봉 허황후능을
넘겨보는 수로왕

송정바다 7

해운대 아랫동네 송정바다 해수욕장
치렁치렁 늘어난 달맞이 줄 꽉 잡았다
집 나간 작은 청산포
애틋한 모녀 같다

죽도 공원 지키는 할아버지 아버지
붉은 옷 곱게 입고 거친 파도 노려본다
까마귀 현란한 사설에도
부릅뜬 저 눈동자

딴지 1

먹자골목 아니고
먹거리 골목이란다
남포동시장 아니고
주소지에 불과해

최소한
자갈치시장
국제시장
거기거기래

딴지 2

어른이나 아이나
당연히 오뎅주세요
어묵이라 불러야
고급지고 바른 말이지

어쩌나
막 불러 대는데
맛있으면
어묵이지

남포동 1
— 비포거리

아픔을 갈아입어
이제는 오동통한

너를 만날 때마다
봉봉 뜨는 가슴가슴

별들의
핸드프린팅마다
걸음걸음 통통 튄다

남포동 2

― 공존

그때도 오늘 낮도 십수 년을 그대로
걷게 한다
보게 한다
먹게 한다
느낀다
누구든 가질 수 있는
비밀창고가 여기다

남포동 먹자골목 1
— 초밥

단장 마친 꼬물이
상큼생큼 미소는
밥알 튀고 바다 일어
감쪽같이 사라지네
세속에
빈속 찾아준
유일한 그린벨트

남포동 먹자골목 2

― 호떡

여름이 죄다 모여
동굴 속 들어앉아
화끈하고 따가운 말
끈적이고 달달하다
그 맛을 못 잊은 그대들
긴 줄에도
침 흘리네

남포동 먹자골목 3

― 충무김밥

울그락 불그락한
오징어랑 어묵은
손가락 닮은 아이
부드러운 손길에도
먼저 가 화친을 한다
그들 앞에 우린 지금

남포동 먹자골목 4

― 비빔당면

대서양과 산천이
당연히 굴러들어
이말 저말 잘났다고
우기는 놈 하나 없는
그들이 오래전 깨달은 것
상생해야 맛있는 것

넘는 일

일지암 오른 길에
저 멀리
청푸른 잎

송정바다
누웠던
그 윤슬
폴락인다

또르르
찻물 내리나 보다
피안을
넘나 보다

왁자지껄

구르마
지나가게
퍼득 좀
비키이소
짐입니다
짐이요
말소리
안 들립니까
이보소
거 뭐합니다
사람 좀
댕깁시다

/

앞질러 있는 시 그리고 이야기된 시간

김남규

시인

    인간은 동물과 다르게 자신의 삶을 사유한다. 우리 인간은 우리가 어떤 존재인지부터 시작해, 자신이 어떻게 살고 있는지 혹은 어떻게 살아야 하는지, '끝없이' 우리 자신의 존재를 문제 삼고 질문한다. 우리는 이 질문 '속에서' 존재할 것이며 이 질문'이' 우리 인간을 끌고 갈 것이다. 다시 말해, 인간은 자신의 존재 가운데 자신의 존재 자체가 문제가 되는 존재자이자 자신의 존재를 포착해야 하는 존재자다. "현존재는 그의 존재 속에서 자신의 존재가 문제가 되는 존재"라는 마르틴 하이데거의 그 유명한 문장처럼 말이다.

    이와 관련하여, 한나 아렌트는 세 가지 활동으로 인간 존재-방식을 설명한다. 바로, 노동(labor), 작업(work), 행위(action)인데, 이 활동들의 전제는 인간은 반드시 죽는다는 필멸자(必滅子)[1]라는 조건이다. 이에 따라 인간은 살아

있는 동안 죽음을 의식하며 다른 존재자와 구별되는 자기 자신만의 시간-형식을 살아가야 한다. 아렌트에 따르면, 우리 생존에 필요한 생산을 하는 '노동', 인공세계를 만들어내는 '작업', 언어(말)를 매개로 자유의 영역을 창조하는 '행위'가 인간의 세 가지 기본 활동이며, 이들 모두 중요하다.

그러나 여기서 아렌트가 특히 주목하는 것은 말과 행위를 통해 자신의 세계를 타자에게 전달하는 일인데, 이때 우리 인간은 말과 행위를 통해 타자와의 차이를 생성해 낸다. 그리고 그 차이들이 우리 세계를 이룬다. "말과 행위로써 우리는 인간 세계에 참여한다"[2]는 문장에서 알 수 있듯이, 각자의 '고유성'이라 할 수 있는 '말'이 이 세계를 구성하고 있는 것이다. 그렇다면, 여기에서 시인의 '말' 혹은 시인의 시 쓰기 '행위' 역시 중요해진다. 인간사회의 다양한 관계와 입장 사이에서 자신'만'의 위치를 '詩'로 보여주며 '詩人'이라는 자신의 자리를 직접적으로 노출하기 때문이다. 그렇다면, 곽호연 시인은 이번 첫 번째 시집에서 자신만의 시를 어떻게 보여주고 있을까.

이번 시집에서 곽호연 시인은 우리 인간을 존재하게 하는 '존재'라는 침묵의 목소리를 인간의 언어로 바꿔놓고 있다. 그 방식으로 시인은 '세계-내-존재'인 우리 인간의 존재 문제를 '시간'으로 다루고 있다. 마치 하이데거처럼 말이

---

1) 한나 아렌트, 『인간의 조건』, 이진우 · 태정호 역, 한길사, 1996.
2) 한나 아렌트, 앞의 책, 236쪽.

다. 하이데거가 『존재와 시간』에서 인간 존재 문제를 시간성((Zeitlichkeit))과 연관 지어 '기투'(미래, 자기를-앞질러-있음), '곁에'(현재, 사물들-곁에-있음), '이미'(과거, 이미-세계-내에-있음)로 정의했듯, 곽호연 역시 시인으로서, 혹은 인간 곽호연으로서의 존재 문제를 시간적 구조로 보여주고 있다.

따라서 이 글은 시집으로 자신이 시인임을, 문장으로 자신의 시세계를 내보이려는 곽호연 시인의 이번 첫 시집에서, 곽호연 시인만의 존재성을 시간적 구조와 관련하여 어떻게 보여주고 있는지 주목해 보고자 한다.

자기를 앞질러 있는 시

곽호연 시인의 이번 첫 번째 시집에서 가장 눈에 띄는 것은 "그대를/ 사랑했는데/ 종장만은/ 잠시만"(「맛있는 밥 짓고 싶습니다」)이라는 문장처럼 그리운 대상에 대한 정념(pathos)과 그에 따른 리듬이다. 이때 대상에 대한 정념은 현재진행형이자 미래진행형으로 끝없이 이어질 것임을 암시하고 있다. 정념은 곧, 힘이자 뜨거움이고 무한이자 영원이기 때문이다. 그리고 그 정념이 시의 힘이자 뜨거움이고 시가 무한과 영원을 지향하게 한다. "어느 봄/ 앙가슴에/ 들어 왔던/ 그 말이// 수채화/ 농담처럼/ 놓고 간/ 진분홍빛// 무제한/ 계약을 한 듯/ 광고처럼/ 떠다닌다"(「청록색 남자」)에서 알 수 있듯이 정념으로 남아 있는 과거의 '그 말'은 여전히, 앞으로도 떠다닌다. 마치 '무제한 계약'처럼 말이다.

겨울비 내립니다

그 사람 일곱 글자

가슬가슬 갔다가

출렁출렁 서성입니다

불빛은

노을을 덮고

눈빛은 붉어지고

─「사랑의 해법」 전문

"시간은 순수한 희망이다. 여기가 희망이 태어나는 바로 그 장소"[3]라는 에마뉘엘 레비나스의 말처럼 우리의 삶 자체가 바로 희망이다. 앞으로의 삶이 지금보다 나아지지 않는다면 혹은 나아지지 않을 것임을 우리 스스로 확신한다

---

3) 에마뉘엘 레비나스, 『신, 죽음 그리고 시간』, 김도형 · 문성원 · 손영창 역, 그린비, 2013, 144쪽.

면, 우리는 곧 '죽음에 이르는 병'(쇠렌 키르케고르)인 절망에 빠지게 될 것이다. 따라서 우리는 '언제나' 미래를, 앞으로의 우리 삶을 긍정적으로 나아질 것임을 믿고 또 희망(希望)한다. '사랑의 해법'도 마찬가지다. 만약, 해법(解法)이 존재하지 않는다면, 해법이 없다면, 우리는 절망(切望)할 수밖에 없다. 겨울비가 내리고, "그 사람 일곱 글자/ 가슬가슬 갉다가/ 출렁출렁 서성"이더라도 "불빛은/ 노을을 덮고/ 눈빛은 붉어지"더라도, 해법은 반드시 존재해야 한다. 아니, 존재할 것임을 믿는다. 어쩌면 미래는, 시는, 삶은, '믿음'의 영역일지도 모른다. 시인은 믿는다 미래를. 시인은 "곧 봄꽃/ 활짝 핍니다/ 힘내세요/ 혼잣말"(「카페에서 엿듣다」)을 하는 사람이다.

별이
아슬하게
슬프게
내려본다

그렁그렁
눈물샘
쏟아질 듯
불안하다

밤새워

지켜보는 일
　몇 날이고
　다짐한다

―「별 하늘」 전문

　불안(不安)은 대상이 없다. 더 정확히 말하면, 불안의 대상과 불안의 이유는 자기 자신에게 있는 것이지, 다른 어떤 것에서 비롯된 것이 아니다. "그렁그렁/ 눈물샘/ 쏟아질 듯/불안하다"는 언술은 '별'의 말이기도 하지만, 좀 더 생각해보면, 시적 주체의 말이기도 하다. 별이 인간(주체)을 보고 쓴 것이 아니라, 인간(주체)이 별을 보고 쓴 것이다. 따라서 "별이/ 아슬하게/ 슬프게/ 내려본다"고 했을 때의 불안은 곧 주체의 불안이다. 그러나 이때의 불안은, 말 그대로 막막한 것이다. 대상도 없고 이유도 없이, 자기 자신에게서 비롯된 불안이기 때문이다. 그렇다면, 왜 자기 자신에게서 불안이 촉발되었을까. 이유는 간단하다. 미래를 알 수 없기 때문이다. 미래는 현재보다 희망적이길 바라지만, 그렇지 않을 수도 있다는 감정도 (늘) 함께 든다. 그것이 바로 불안. 나는 이 세계에 내던져져 있으니, 나의 미래는 전적으로 내게 달린 것이지만, 잘못되면 어쩌지 하는 마음. 그러니, "밤새워/ 지켜보는 일/ 몇 날이고/ 다짐"할 수밖에 없다. 그 누구도 우리에게 해답을 알려주지 않는다. 그러나 우리는 해답이 있을 것임을 믿는다. 그 해답을 찾기 위해 밤새워 지켜보고 몇 날을 다짐하게 되는 것이다.

유난히 파란 하늘 수북이 눌러 담아

셀카 한 장 덤으로 우체국에 맡길까

더위가 상극이라는 찌푸린 미간 위해

살구꽃은 저 혼자 휘날려다 배회하고

곧 부서질 허리춤 그쯤이 시린 지금

더 이상 잡히지 않은 그 봄날 환영들은

차라리 경계 없이 핀 꽃이 위안되는

하루 한낮 환장한 바람결이 보채는데

칩 없이 바코드 없이 참선의 길 걸어간다
　　　　　　　　　　　　　—「네게 또, 다른 너는」전문

　"온종일/ 구름 위를 거닌다/ 당신/ 오신다는 말"(「체감」)
을 체감(體感)하게 하는 힘이자 이유는 바로 정념이다. 정
념 때문에 "유난히 파란 하늘"을 느끼며, "셀카 한 장 덤으
로 우체국에 맡"기고 싶게 한다. "더위가 상극이라는 찌푸
린 미간"이 되는데도 말이다. 그러나 또한 시인은, 정념의

96

불꽃 혹은 불길이 언젠가는 소멸할 것임을 안다. "살구꽃은 저 혼자 휘날리다 배회하고" "곧 부서질 허리춤 그쯤이 시린 지금"은 살구꽃에 대한 묘사이기도 하지만, 시인의 스스로에 대한 묘사(내면 풍경) 또는 시적 주체에 대한 묘사이기도 하다. 그렇게 정념은 "더 이상 잡히지 않은 그 봄날 환영들"을 보게 한다. 그러나 또 한편으로 시인은 실패를 예감한 정념, 소멸을 향하는 정념을 직감이라도 한 듯 정념의 열기를 누그러뜨리고 싶어 한다. 시인은 "차라리 경계 없이 핀 꽃"에서 위안을 받고 "하루 한낮 환장한 바람결이 보채"더라도 "칩 없이 바코드 없이 참선의 길"을 가고자 한다. 그와 동시에 "홀로된 흩어진 날이 꽃이고 초록이고"(「흩어진 날 혹은 꽃」)라는 문장처럼 시인은 혼자 감당해야 할 미래와 자기 자신이 흩어지더라도 꽃이 될 수 있음을, 초록일 수 있음을 기대하며 희망한다. 여기서, 미래를 '선취(先取)'하여 묘사한 것이 바로 시라고 한다면, 적어도 곽호연 시인에게 있어 시는, 시조의 리듬은 자기를 앞질러 있는 존재 그 자체라 할 수 있다.

이야기된 시간

폴 리쾨르에 따르면, 텍스트화된 이야기가 있기 이전에 이미 '경험세계'가 있다. 아직 언어화되지 않은 세계, 그 자체로 이야기인 세계 말이다. "세상이라는 커다란 책"이라는 데카르트의 말처럼, 우리는 이야기-세계에 살고 있고, 이야기를 통해 세계를 배운다. 아직 언어로, 활자로 되지 않는 이야기들이 이 세계를 가득 메우고 있다. 그러나 우리는 이야기에 무감각하다. 세계에 내던져진 우리는 홀로 서기하는 것조차 버겁기 때문이다. 우리 인간도 "날마다 곡예를 하듯/ 담장을 넘고 있"(「냥이의 하루」)는 고양이와 마찬가지. 우리는 이야기 속에 살고 있으면서도 이야기를 알지 못하는 아이러니에 처해 있다. 마치 공기처럼 말이다. 그러나 시인은 경험세계의 이야기를 모으는 사람이자 이야기를 구성하는 사람이며 이야기된 시간으로 시간을 인식한다.

적막한 빈집에는 빗소리도 쓸쓸하다
터벅터벅 갈증 난 단발머리 여학생
빗줄기 매달려 온다
잠 못 드는 밤이다

꼬깃한 재생 테잎 중얼중얼 돌리며
기뻐하는 순간을 화폭처럼 그려본다
상장을 받았나 보다
빗길에도 덩실덩실

흰 띠를 두른 이마와 침묵이 먼저 와
그 공기는 엄마의 미소를 짓밟았다
오늘은 칭찬을 몽땅 꺼내

비를 꼭 안아주었다

　시간은 흐른다. 우리는 편의상, 시간은 뒤에서 앞으로
향한다고 말하지만, 시간은 무질서도(entropy) 그 자체다.
그 어떤 것도 그대로 두지 않고 어떻게든 변화시킨다. 그
러나 시인은, 무질서하고 연속적인 시간을 하나의 선분상
으로, 하나의 맥락으로 서사(敍事)를 만들어낸다. 혹은 하
나의 이미지와 하나의 장면으로 시간을 붙들어 맨다. "아
침/ 송정 바닷가/ 보드란/ 베이지빛// 데굴데굴 웃다가/ 금
세 시퍼렇다// 언젠가/ 고백 그 찰나에/ 홱 돌아선/ 그 모
습"(「바다 8」)을 그려내듯 말이다. 그래서 곽호연 시인은
"흰 띠를 두른 이미와 침묵이 먼저" 온다고 말한다. 비가
오기 때문이다. 이윽고, "빗줄기 매달러" 오는 "터벅터벅
갈증 난 단발머리 여학생"을 소환한다. 그때나 지금이나
이곳은 "적막한 빈집"이고 "빗소리도 쓸쓸"하며 "잠 못 드
는 밤"이다. "꼬깃한 재생 테잎"을 돌리는 일은 과거의 일
을 현재의 사건으로 되돌아보는 일이다. "기뻐하는 순간
을 화폭처럼 그려보"는 일처럼 말이다. 그렇게 시간은 "엄
마의 미소를 짓밟"고 있지만, 주체는 "오늘은 칭찬을 몽땅
꺼내/ 비를 꼭 안아주었다"고 말한다. '비(雨)' 하나로 시작
된 이야기자, 비 하나로 이어진 세계다.

그날은 일부러 뭉글뭉글 넘겼던
가시 걸린 목젖은 이런 날 캑캑거립니다
소나기 쏟아질 듯한
그 눈빛 생각나요

그 저녁 입을 떠나 떠돌던 말 모두
추수 끝난 초겨울 살갗마다 긁적입니다
사진 속 꽃잎을 떼어
손에 꼭 쥡니다

자존심 앞줄 가려 알지 못한 답을 써
가장 굵은 빗줄기 기둥마다 날립니다
오래전 박제됐어요
유효기간 없어요

　　　　　　　　　　　　―「겨울비 쏟아지면」 전문

　이번에는 '그날' '그 저녁'에서 이야기가 시작된다. 여전히 주체는 "일부러 뭉글뭉글 넘겼던/ 가시 걸린 목젖" 상태이기 때문이다. "소나기 쏟아질 듯한/ 그 눈빛"도 여전히 기억나며, "추수 끝난 초겨울 살갗마다 긁적"이는 때마다 "그 저녁 입을 떠나 떠돌던 말 모두" 생각난다. 그러나 주체는 그저 "사진 속 꽃을 떼어" 손에 쥘 뿐이다. 그때나 지금이나 할 수 있는 일이 없기 때문이다. "자존심 앞줄 가려 알지 못한 답을" 쓰는 일은 지금도 마찬가지. "오래전 박제"된 일인데 유효기간이 없다. 겨울비가 내릴 때마다 그렇다는 것이다. 적어도 곽호연 시인에게 겨울비 내리는 날에는 '그날 그 저녁'이 이어진다. 모두가 다 '비' 때문이다. '비' 하나로 탈은폐된 진실 혹은 이야기가 출몰하고 수렴하며 이내 곧 사라진다.

　학교 옆 지나며 배불리 마신 하늘

　소화 덜된 유년은 소처럼 되새김하고

　역류한 찌꺼기들은 뱉어내도 그 자리

　뒷산이 오므리면 들판은 늘어나고

　담벼락은 알아서 키 낮춰 지나가는

　가슴속 바람의 길을 봄 햇살이 안내한다
　　　　　　　　　　　　　　　　—「푸른 고무줄」 전문

　앞서 언급한 작품들의 이야기들이 시인의 자전적 이야기 또는 허구인지는 중요하지 않다. 다만, 시인은 '경험세계'에서 하나의 이야기를 보여줬을 뿐이다. 그때 이야기로 말해진 시간은 시인만의 이야기이자, 시인만의 시간이다. 그 시간을 우리는 손쉽게 '시세계'라고 부르지만, 이때의 시세계는 단순히 창조되거나 구성된 것이 아니라 삶의 의

미와 세계의 실상을 탐구하는 일이자 인간-존재의 방식을 사유하는 일이다. 따라서 과거는 지나간 일이 아니라, 앞으로도 계속 도래하는 미래와 다름없다. 무한한 해석학만 남아 있을 뿐이다. "학교 앞 지나며 배불리 마신 하늘"과 "소화 덜된 유년", 그리고 "역류한 찌꺼기들"은 여전히 주체 앞에 도래한다. 소처럼 되새김질할 수밖에 없는 것이다. "가슴속 바람의 길을 봄 햇살이 안내"하듯 봄만 되면 '푸른 고무줄'이 떠오르며, "뒷산이 오므리면 들판은 늘어나고" "담벼락은 알아서 키 낮춰 지나가는" 가슴속 바람의 길은 곽호연 시인만이 알고 있는 이야기, 곽호연 시인만이 말할 수 있는 시간이다. 시간이 만들어낸 세계, 시간으로 이어진 세계는 모든 이들에게 같지 않겠지만, 적어도 이번 시집에서 우리는 곽호연 시인만의 세계와 시간 그리고 인간 존재 방식을 확인할 수 있다.

말하는 일

우리는 시간을 과거, 현재, 미래라고 임의로 분절하지만, 더 정확히 말하면, 시간은 세 가지 형태의 '현재'로 존재한다. 그것은 바로, 과거의 현재, 현재의 현재, 그리고 미래의 현재. '기억'과 '직관' 그리고 '기대'의 형태로 시간이 존재하는 것이다. 다시 말해 인간은, 과거의 일을 '다시' 붙잡거나, 미래의 일을 '미리' 붙잡아 현재로 모으는 자, 여기저

기 흩어진 시간을 하나로 모아 하나의 정체성을 유지하는
자다. 다만, 우리는 무지해 필연의 사정을 모를 뿐이다. 이
렇게 하나의 선분상에서 점 하나가 바로 우리가 인식할 수
있는 현재며, 우리의 선분은 죽음 앞까지 계속된다.

　　출근길 폐지 할배 리어카 밀어주고

　　건널목 불편한 몸 손잡느라 또 늦겠지

　　그래도 매일 아침은 힘차게 걸었겠지

　　신기해 한결같이 네 안은 선배 같고

　　당당하면 겸손하고 싸늘하면 따뜻했다는

　　십 년을 미리 본 빛이 되려 십 년 선물했다

　　비 오면 더 설레서 함께 걷던 테마임도

　　계절 없이 반겼으니 지금도 반겨주겠지

　　보리수 열매 익으면 다시 웃는 너 보겠지
　　　　　　　　　　　　　　　　　　　—「ing」 전문

　삶은, 당신은 여전히 진행중(ing)이다. 부재로서 현존하

는 당신을 '언젠가' 주체는 만날 것이다. "보리수 열매 익으면" 말이다. 당신은 "출근길 폐지 할배 리어카 밀어주고" "건널목 불편한 몸 손잡느라 또 늦"는 사람. 그러나 "매일 아침은 힘차게 걸"어가는 사람이다. 신기하고 선배 같은, "당당하면 겸손하고 싸늘하면 따뜻했다는" 그 '십 년'. 잃어버린 십 년이 아니라 되찾은 십 년이다. 바로 지금 여기서 말이다. "계절 없이 반겼으니 지금도 반겨주겠지"라고 말할 수 있는 믿음은 앞으로도 계속될 것 같다. 그리고 당신 앞에서, 곽호연 시인은 생각할 것이다. 당신과 웃으며 만나기 위해 시인은 어떻게 살아야 하는지 말이다. 타자를 기억한다는 것은, 타자를 말한다는 것은, 오히려 나의 자리를 생각하는 일이다.

자줏빛 코트 걸친 여자의 꿈 부풀었지
구름 등에 오르며 산새들의 노래들
고귀한 학처럼 같이 할
한 사람 기다렸지

바람의 말을 듣고 날개를 활짝 편 날
해적이 난입한 듯 얼굴을 싹 바꾸고
그녀의 날개에 앉아
늪으로 데려갔지

보름 전 분꽃 같던 자목련 다시 보니

갈변 튀긴 얼굴은 서녘 하늘 닮았지
아직도 포기 못했나
아이라인 진하다

—「봄날의 우화」 전문

　이번에는 "자줏빛 코트 걸친 여자의 꿈"을 말한다. "고귀
한 학처럼 같이 할/ 한 사람 기다렸"던 여자 말이다. 그리
고 기억한다. "바람의 말을 듣고 날개를 활짝 편 날"인데
"해적이 난입한 듯 얼굴을 싹 바꾸고/ 그녀의 날개에 앉아/
늪으로 데려갔"다. 누가 여자를 데려갔을까. "보름 전 분꽃
같던 자목련"을 다시 보니 "갈변 튀긴 얼굴"이 되었고 "서
녘 하늘"처럼 어두워졌다. 그럼에도 불구하고, 주체는 아
이라인 진하게 그린다. 포기하지 않았기 때문이다. 작품의
주체는 봄일 수도 있고, 봄날의 여자일 수도 있겠지만, 누
가 주인공인지는 시를 읽는데 중요하지 않다. 여기서 우리
가 주목해야 할 것은, '봄날의 우화'를 말하는 행위 자체다.
'봄날의 우화'를 말할 수밖에 없는 나, '봄날의 우화'를 보고
있는 나가 바로 여기에 있어요 하고 말하는 일. 이 말함, 이
시 쓰기가 바로 곽호연 시인의 존재 방식일 것이다. 그것
도 시조의 리듬으로 말이다. "몇 계절의 비밀을/ 하늘하늘
날리"(「매취순 구름」)리는 사람이 바로 여기에 있다.

구르마
지나가게

퍼득 좀

비키이소

짐입니다

짐이요

말소리

안들립니까

이보소

거 뭐합니다

사람 좀

댕깁시다

—「왁자지껄」 전문

　시집의 마지막 작품이다. 왁자지껄한 시장통과 같은 곳에서 짐이 사람을, 사람이 짐을 막고 서 있다. 그러나 짐도 사람의 일이다. 여기서, "구르마 지나가게 퍼득 좀 비키이소 짐입니다 짐이요 말소리 안 들립니까"하는 목소리와 "이보소 거 뭐합니다 사람 좀/ 댕깁시다"의 목소리를 동시에 듣고 시조의 리듬으로 이들의 목소리를 옮겨적는 자는 도대체 누구인가. 바로 시인이다. 시인은 자신을 주제화하지 않고 이들의 목소리를, 이 세계의 이야기를 드러낸다. 시 쓰기의 방식으로 자신만의 '말함'(행위)을 이어간다. 시집 한 권이 되도록 말이다. 그러니까 시인은 지금 눈앞에 보이는(혹은 보인다고 생각되는) 세계의 이야기들, 사물과 풍경들, 그리고 사건들을 현재의 눈으로 활자(活字)화하고 있다. 시인이기 때문이다. 현재 나는 시인임을 증명하기 위해, 시인은 보고 생각하며 쓴다. '수로왕릉'이든 '남포동'이든 무엇이든 말이다. 따라서 적어도, 곽호연 시인의 '현재' 존재 방식은 '시인'이다. 이제 다음 시집에서 우리는 그 다음의 곽호연 시인을 만나게 될 것이다.

이와 같이, 미래를 선취하고 이야기된 시간으로 시간을 인식하며 시 쓰기로서 현재의 자신을 드러내는 자를 우리는 시인이라 부른다.

열/린/시/학/정/형/시/집 195

비를 안아주었다

초판 1쇄 발행일 · 2024년 10월 15일

지은이 | 곽호연
펴낸이 | 노정자
펴낸곳 | 도서출판 고요아침
편　　집 | 정숙희 김남규

출판 등록 2002년 8월 1일 제1-3094호
03678 서울시 서대문구 증가로 29길12-27, 102호
전화 | 302-3194~5
팩스 | 302-3198
E-mail | goyoachim@hanmail.net
홈페이지 | www.goyoachim.net

ISBN 979-11-6724-210-5(04810)
ISBN 978-89-6039-728-6(세트)